AF561473

La magia de
crear libros

Esta historia ha sido gracias al ánimo e insistencia de mi sobrino Ángel, quien me devolvió esas ganas e ilusión de escribir. Este libro está inspirado y dedicado a él.

©del texto: Sonia Pérez Rodríguez
©de las ilustraciones interiores: Cristina Rueda Ruiz
©de la maqueta: Saray Santiago Fernández
©de la corrección: Saray Santiago Fernández y Cosmin F. Stircescu
©de la edición: Ediciones Arcanas, C.B
Diseño cubierta: Elías Santos

www.edicionesarcanas.es - edicionesarcanas@gmail.com

ISBN: 978-84-10218-74-1
Depósito Legal: AL 5369-2025

Primera edición: mayo 2025

Sonia Pérez Rodríguez

Ilustrado por
Cristina Rueda Ruiz

PERSONAJES PRINCIPALES

Tritón

Es el rey de los mares y le gusta mucho descansar en una isla de cálida y fina arena. Es poderoso y gentil.

Ángel

Es un niño amable y cariñoso criado por vins. Su carcajada es tan contagiosa que Tritón le concedió poderes mágicos cuando era un bebé.

Familia vins

Son seres acuáticos y fantásticos; tienen el poder de hacer realidad todos sus deseos y la capacidad de convertirse en humanos al salir del agua..

Píxul

Es una mantarraya malvada que ha adquirido unos poderes mentales extraños y quiere dominar el mar.

Don Pepino

Es jefe del ejército de pepinos marinos que siguen a Píxul.

Índice

PRELUDIO

Hace mucho mucho tiempo, cuando todavía se oían los cantos de los pájaros en un cielo limpio, el aire era puro y las aguas de los océanos y de los ríos eran azules y cristalinas. En los mares recónditos a los que solo la imaginación de un niño es capaz de llegar, existía un barco pirata que navegaba libre. No era un barco pirata al uso, este tenía como bandera (en lugar de la conocida calavera pirata sobre un fondo negro) unas ondas blancas a modo de olas sobre un fondo azul.
Los marineros la izaban al viento cada mañana con la única tarea de proteger a todos los seres vivos que habitaban en el fondo marino, tan lleno de secretos y misterios, y a cualquier navío o habitante terrestre que se adentrase en sus aguas.

En los mares de Andalucía, al sur de España, existe un barco pirata que lleva años y años surcando sus aguas, protegiendo a todas las criaturas mágicas que habitan en ese lugar. Sí, sí, has leído bien: «¡criaturas mágicas!».

Esta historia cuenta que un niño cuyo origen aún se desconoce, fue criado por los vins, unos seres fantásticos y dotados de poderes especiales.

Los vins, junto con la protección de su majestad Tritón, rey de los mares, protegieron a este niño, lo cuidaron y alimentaron, haciéndolo feliz, y lo vieron crecer día tras día; incluso se dice que Tritón le regaló un don tan curioso como sorprendente.

1

Un buen día, cuando el sol brillaba más intenso, Tritón descansaba sobre la fina y cálida arena de una isla situada en su inmenso reino.

Le gustaba tener aquel pequeño y tranquilo rincón donde nadie podía molestarlo con problemas marinos. ¿Quién iba a buscarlo en tierra firme?

Había tenido una jornada de trabajo intensa, con un gran número de visitas reales, y por eso necesitaba una siesta. Se acomodó bajo la sombra de la palmera en la que vigilaban sus guardaespaldas: dos monos muy monos llamados Cata y Lejo, quienes provistos con el instrumento óptico al que debían su nombre (catalejo), vieron algo a lo lejos que llamó su atención: una tabla flotando sobre el mar con algo encima que se movía. Enseguida alertaron a Tritón de un posible peligro en altamar. El rey alargó su tridente mágico y, con un gesto, atrajo aquel objeto hacia él. Su sorpresa fue mayúscula cuando descubrió que lo que se movía era, ni más ni menos, que un niño. Con los ojos abiertos por el desconcierto, pero con la tranquilidad de sentirse a salvo, le ofreció la sonrisa más bella que Tritón había visto en los millones de años de su existencia.

Colgado del cuello llevaba un cordón del que se balanceaba un tubo de cristal con una nota enrollada en su interior. Tritón sacó el papel y lo leyó: «Ángel tiene tres años. Es un niño fantástico y único. Quien tenga la suerte de encontrarlo, que por favor cuide de él».

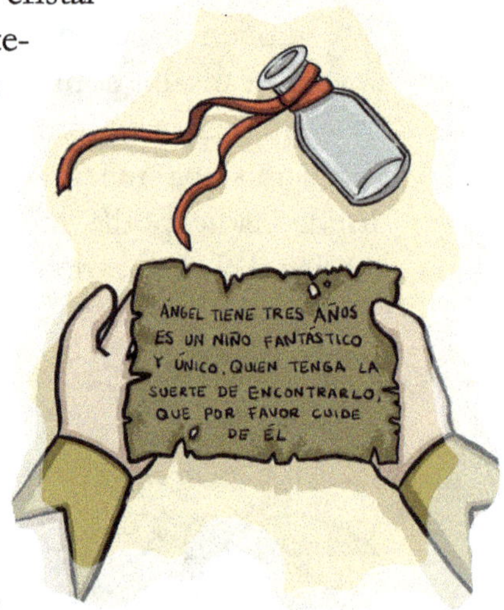

Por primera vez en su larga vida, sintió el calor de una mano tan delicada como la de Ángel, que le acariciaba su larga barba. Ambos se miraban extrañados.

Tritón nunca había tenido contacto con ningún ser humano. Estaba acostumbrado a sus criaturas marinas: pulpos, delfines y todos los animales marinos. También pasaba mucho tiempo con sus queridísimos amigos los vins, a quienes quería como si fuesen sus propios hijos. Eran unos seres un tanto curiosos, de apariencia humana, pero cubiertos de escamas blanquecinas, branquias en el cuello y, en vez de cabello, tenían una aleta flexible y traslúcida que, generalmente, se extendía hasta el final de la espalda. Los vins eran seres mágicos con el poder de hacer realidad todos sus deseos y la capacidad de convertirse en humanos al salir del agua.

¿Quién habría dejado a un niño en el mar? Quizá era de algún barco que se había hundido, o quizás hacía honor a su nombre y era un ángel enviado por algún motivo.

El rey no podía apartar la vista de Ángel, quien pasó de la sonrisa a la risa, y de la risa a las carcajadas más contagiosas jamás oídas en la isla, donde todo era silencio, excepto la música de las olas al llegar a la orilla. Aquel sonido provocó una gigantesca alegría en Tritón. Ángel transmitía tanta ternura y felicidad que cautivó al rey. Decidió encargarse de él y otorgarle poderes mágicos. Bastaría pensar qué quería hacer y, con su risa, podría hacerlo realidad. Además, le dio la capacidad de entender a las criaturas marinas.

Necesitaría la ayuda de los vins, los más adecuados para cuidar de él. Ellos le enseñarían a hacer buen uso de ese don, ya que, como seres mágicos, conocían la importancia de saber utilizarlo.

Así pues, convocó una reunión con ellos para informarles de su decisión. Una familia de vins a la que le encantaba estar en tierra se ofreció a cuidarlo con mucho gusto y como si de un hijo propio se tratase. La mamá se llamaba Roda y el papá, Ballo. Tenían dos hijos muy juguetones, Salmo y Neta, que estaban encantados con su nuevo hermano. Los cuatro estaban muy ilusionados con aquella nueva aventura y, de inmediato, hicieron sentir a Ángel parte de la familia.

Tritón sabía que tarde o temprano Ángel querría volver con los de su especie, pero quiso mantenerlo a salvo tanto tiempo como pudiese. Lanzó un conjuro a la isla y la hizo invisible al ojo humano para que nadie los descubriera y el niño aprendiese a usar sus poderes.

2

Pasó el tiempo y el niño crecía feliz con su familia en el islote. Era muy inteligente, noble, servicial y muy gracioso. Todos le decían que era muy guapo, tenía los ojos de color miel, pero cuando el sol se reflejaba en ellos, se ponían de un verde intenso. Cada vez que sonreía, se le marcaban unos grandes hoyuelos en las mejillas y el pelo le caía en tirabuzones por el rostro moreno de estar siempre bajo el sol.

Cada día controlaba mejor sus habilidades mágicas. Vivían en armonía y no les faltaba de nada gracias a que los vins se encargaban de todo.

Ángel y sus hermanos salían todos los días a nadar y a jugar en el agua. El niño era hábil como un velero en altamar, rápido como una lancha y astuto como un delfín.

Hacía de sus juegos los más divertidos del lugar y muchos habitantes de las profundidades se unían a disfrutar con él.

Provocaba olas gigantescas con sus poderes y surfeaban durante millas subidos en los caparazones de las tortugas marinas; organizaba carreras de caballitos de mar, cursos de pintura con la tinta de los calamares y, por las noches, dotaba de luz a las graciosas estrellas de mar, que iluminaban bailes orquestados por su amigo el pulpo Octavio. Pero lo que más le gustaba al pequeño niño era hacer carreras de

obstáculos, que consistían en salir, con un gran salto, desde la roca Craqueante, una piedra gigante en medio del mar. Debían llegar a la meta esquivando el gran manto de medusas gelatinosas que vivían en esa parte del mar. Era un tanto peligroso y emocionante, ya que no era nada fácil evitar sus picaduras.

Ángel era muy querido y tenía muchos amigos, sobre todo los delfines; y en especial Serafín.

Un día, Ángel y Serafín nadaban entre risas, como siempre, cuando de repente, un barco pirata que rondaba por la zona los vio. El barco fue al rescate del niño pensando que necesitaba ayuda. Los tripulantes le hablaron por un megáfono, pero Ángel, que había crecido hablando solo el idioma del mar, no entendió nada, por lo que se alejó del barco.

—¡Coge la cuerda y agárrate para que te rescatemos! —le gritaron desde el barco.

Ángel intentó alejarse más, tal y como siempre le habían dicho que debía hacer.

Los piratas no entendían nada. El niño hacía justo lo contrario que le pedían. Preocupados y pensando que estaba solo e indefenso, uno de ellos se tiró al agua para rescatarlo.

Con esfuerzo, ya que el niño se empeñaba en nadar hacia el otro lado, el pirata logró subirlo al barco.

Todos le hablaban a la vez y Ángel se asustaba cada vez más. Lo arroparon con toallas y lo secaron, asombrados

por la ropa del chico, una especie de pantalón hecho con las mejores algas. Se preguntaron de dónde había salido… Quizás era el niño de las historias. Esas que habían escuchado en sus múltiples viajes de boca de marineros, que hablaban del «niño del mar».

Serafín el delfín fue lo más rápido que pudo a buscar a Tritón.

—¡Un barco se ha llevado a Ángel! ¡Tenemos que rescatarlo! —exclamó Serafín muy preocupado.

Tritón comprendió en ese instante que había llegado el día. Ángel debía estar con los de su especie. Aunque sabía que ese día llegaría tarde o temprano, le dolió mucho. Había sido antes de lo que esperaba.

—Serafín, sabíamos que este día llegaría —suspiró el rey con tristeza—, debemos dejar que Ángel vuelva con los suyos… No haremos nada para impedirlo, sería muy egoísta por nuestra parte y no son esas las enseñanzas que yo os he dado.

—¡Pero, Tritón, él es nuestra familia! ¡Es uno de nosotros! ¡¿Cómo no vamos hacer nada para rescatarlo?!

—No, Serafín. Tenía que pasar, él pertenece a otro mundo. Además, si Ángel se hubiese sentido en peligro, habría hecho uso de sus poderes, pero eso no ha sucedido. Él ha seguido ese instinto natural y hay que aceptarlo. Ángel vivirá feliz con los suyos. Yo vigilaré el barco para asegurarme de que lo tratan bien y que se adapta a su nueva vida. Esos piratas son conocidos por sus buenas acciones, seguro que nuestro chico estará bien con ellos.

Serafín se puso muy triste. Era su mejor amigo y ya no podría jugar con él ni vivir aventuras. ¿Cuándo volvería a verlo?

—Avisa a sus amigos de que va a estar una buena temporada alejado de nosotros, yo le daré la noticia a su familia.

Serafín asintió, aunque no le gustaba la idea, en el fondo sabía que el rey tenía razón. Además, tenía la esperanza de que se volverían a ver pronto.

3

Una vez el niño estuvo seco, el pirata que lo había rescatado fue a buscar al capitán para que valorase la situación y decidiese qué iban a hacer.

Pataslargas (así apodaban al capitán que, al contrario de lo que pudiese parecer, debía aquel apodo a su corta estatura) lo miró a los ojos y lo vio tan indefenso que pensó que lo mejor sería que se quedase con ellos. ¿Qué otra cosa podía hacer? Era un niño, no sabía hablar e iba casi sin ropa. «A saber qué le habrá pasado al pobre», pensó el capitán, que no sabía lo feliz y querido que había sido Ángel con su familia marina.

—Camaradas, este niño se quedará con nosotros —informó el capitán al resto de la tripulación—. ¡Lo trataremos como el mejor tesoro jamás hallado en nuestras hazañas piratescas!

Todos los piratas aplaudieron emocionados con la idea.

Había que ponerse manos a la obra para adecentarlo. Primero le cortaron el pelo, que llevaba bastante largo. Luego, le vistieron con un atuendo propio de pirata: unos pantalones bombachos, una camisa blanca muy ancha y unas botas

de cuero. Ángel asistía a aquel cambio desconcertado. No entendía lo que estaba pasando. ¡Le encantaba su pelo antes de cortarlo y sus pantalones de algas! Aquella ropa nueva era ridícula e incómoda. Su instinto le decía que no debía preocuparse, que estaba a salvo, pero no podía evitar preguntarse por qué nadie iba a rescatarlo. ¿Qué estaba pasando?

A pesar de todo ese remolino de sentimientos, presentía que podía confiar en esas personas, al fin y al cabo, solo querían ayudarlo.

Cuando le trajeron la comida, Ángel quedó maravillado. Descubrió sabores increíbles que le encantaron. Él solo conocía el sabor del pescado, las algas y algunas frutas que había en su pequeña isla, pero esa comida era un auténtico manjar.

«Quizá haya sido buena idea quedarme con ellos», pensó, relamiéndose. ¿Qué iba a hacer si no? Había tenido la tentación de tirarse al mar en más de una ocasión, pero el barco navegaba desde hacía horas y no sabía cuánto se habría alejado de su hogar. Al final, prefirió esperar un poco a ver qué pasaba, tenía curiosidad por saber cómo era vivir en un barco con humanos y si lo trataban bien. El barco le recordaba a una escultura de corales, con diferentes especies y colores; también tenía banderas con unas ondas blancas sobre un fondo azul. No sabía qué significaban, pero le gustaban.

De repente, algo llamó su atención: un animal desconocido, una bolita de pelo blanca que hacía un ruido muy gracioso. El animalillo no paraba de saltar a su alrededor y le daba lametones que le hacían cosquillas. Los piratas le explicaron, como pudieron, que era un perro al que todos llamaban Coco. Ángel estaba encantado con él.

4

Ángel llevaba varios meses con los piratas y ya tenía nueve años y estaba muy feliz con ellos.

Pataslargas y su tripulación eran de lo más educados y sabían mucho, a pesar de la mala imagen que tenían los piratas. Dedicaban bastante tiempo a impartirle todo tipo de enseñanzas a Ángel a través de clases diarias. Le habían enseñado a hablar y muchas cosas de piratas.

Patro, la pirata ingeniera, era la encargada de ello. Ángel se lo pasaba genial con ella porque, además de enseñarle muy bien, era super graciosa y un poco payasa, una mezcla perfecta. Aprendía de todo: ciencias, matemáticas, lengua…

Wissam era biólogo, ayudaba a la conservación del mar y hacía estudios detallados de la biodiversidad, intentando preservar el equilibrio de todas las especies vivas y de su entorno. Era el más alto de todos y tenía unos ojos grandes y nobles. A Ángel le parecía muy gracioso que, en cuanto tenía un minuto libre, se echaba a dormir en cualquier rincón.

PIRATAS Y GRUMETES

Sonia, a la que llamaban Soni de modo cariñoso, tenía el pelo largo, rizado y del color de los rayos del sol; era la médica y cuidaba de todos con esmero. No solo atendía a los humanos, sino también a todos los animales malheridos que encontraban. Ángel pensaba que su sonrisa iluminaba a todos y que era pura energía.

Miriam, con sus ojos oscuros y expresivos era la gran investigadora y la que aportaba las mejores ideas.

Ángel pasaba mucho tiempo con los grumetes: Nadim, cuya risa era casi tan contagiosa como la suya; Alejandro, que siempre ponía orden entre ellos; Miguel, que era el graciosillo, y los hermanos Alba y Antoñín, que hacían navegar el barco mejor que nadie.

Dos años después, Ángel se había convertido en un niño aún más encantador y no había utilizado sus poderes ni una sola vez en todo ese tiempo. Los mantenía en secreto porque no estaba muy seguro de si su magia podría asustarlos. Pero como había pasado tanto tiempo y ya los sentía parte de su familia, decidió ponerlos de manifiesto. Lo hizo gastando una broma a todos. Empezó a reír con una clara intención: con cada carcajada, los piratas soltaban un eructo. ¡Unos eructos gigantes! Todos se miraban sin saber qué estaba pasando, pero la situación era tan graciosa que Ángel perdió el control de sus carcajadas. Cuanto más eructaban, más reía él y más se descontrolaba todo. Tenía que parar porque sus amigos empezaban a pasarlo mal, pero no podía dejar de reír. La única forma que se le ocurrió fue tirarse al agua, así que, ni corto ni perezoso, se lanzó al mar. En ese

preciso instante los eructos cesaron y el barco y sus tripulantes volvieron a la normalidad.

Estaban muy sorprendidos.

—¿Qué ha pasado? —preguntó Miriam.

—¿Por qué todos eructábamos excepto Ángel? —se extrañó Soni.

—¿Por qué Ángel está en el agua? —comentó el capitán.

—Quizá hemos contraído un virus extraño o algo nos ha sentado mal durante el desayuno —dijo el cocinero.

Ángel volvió al barco. Hasta ese momento, nadie le había preguntado sobre su origen y él tampoco lo había contado, pero había llegado el momento. Les contó que les había gastado una broma, les habló sobre el don que tenía y les relató su historia de cómo había llegado al mar y cómo lo criaron y cuidaron las criaturas marinas.

Los piratas estaban sorprendidos, pero un tanto incrédulos. ¿Cómo era posible que existiera la magia y los seres mágicos? Sin embargo, después de lo vivido, no tenían más remedio que creerlo. Realmente Ángel podía hacer magia con sus risas, ¡era algo increíble!

El capitán Pataslargas sonrió complacido. Se alegraba mucho de haber elegido a Ángel como futuro capitán de barco, aunque aún no se lo había dicho a nadie, era algo que llevaba pensando una temporada. Ya llevaba mucho tiempo siendo capitán y quería retirarse y dejar un sucesor digno de su tripulación. Ya sabía que Ángel sería su mejor reemplazo, más ahora tras aquella revelación.

Ángel utilizó sus poderes para llamar a sus amigos marinos, era hora de que los piratas conociesen a su familia con la que tantos buenos momentos había vivido y de la que tantos buenos recuerdos tenía.

Sabía que podía confiar en los piratas, así que no temió por el bienestar de sus amigos, que se pusieron muy contentos al verlo. ¡Lo habían echado mucho de menos!

Ángel estaba muy feliz porque tenía todo con lo que había soñado. Vivía feliz en el barco con toda la tripulación y con su queridísimo perro Coco. Además, recibía a diario la visita de sus amigos acuáticos, con los que se pasaba horas jugando en el agua. Se divertían mucho y Coco era el primero en lanzarse al agua cuando llegaba la hora de jugar. Habían formado una familia maravillosa.

Pero, a pesar de toda la felicidad, estaba un poco triste porque no había vuelto a ver a Tritón. Sus amigos marinos le confirmaron que el rey de los mares estaba bien, que no se preocupara por él, pero Ángel tenía muchas ganas de verlo.

5

Ángel no solía utilizar sus poderes, solo cuando era necesario o quería reírse un poco, haciendo alguna travesura a su familia pirata.

Un día, Pataslargas lo llamó a su camarote, tenía que hablar con él de algo importante. El muchacho lo escuchó con atención:

—Pronto tendré que dejar mi puesto de capitán —le explicó—. Y quiero que seas tú quien dirija a mi tripulación. Deberás organizar los tesoros que tenemos enterrados por las islas y controlar, vigilar y limpiar el mar para que todo esté en orden.

Ángel se sintió agradecido.

—Claro que sí, capitán. Para mí será un honor. También cuidaré a todas las criaturas del mar.

Pataslargas dio su aprobación y Ángel hizo la promesa pirata, un juramento un tanto curioso: debía escupir tres veces seguidas en la popa y luego ir por toda la cubierta haciendo el pino, a la vez que repetía «juro hacer todas mis funciones de capitán acogiéndome a las reglas». Un poco absurdo, pero de lo más divertido.

—Ya estás preparado para sustituirme —confirmó el capitán con alegría—. No pasará mucho tiempo antes de que tomes el mando. Cuando tenga todo listo, me retiraré.

Unos meses después, Pataslargas se retiró y bautizó a Ángel como el capitán Carcajadas; ese sería el nombre pirata por el que lo conocerían a partir de ese momento.

—Entre todos, estoy seguro de que este barco seguirá haciendo cosas buenas.

Una vez estuvo todo listo, Pataslargas se retiró a tierra firme a disfrutar de su merecido descanso.

Ángel era el capitán más joven que había existido en la historia de los piratas, pues solo tenía once años, pero la tripulación lo ayudaría y, tal y como había dicho Pataslargas, seguirían haciendo cosas buenas por el mar y todos sus habitantes.

6

El tiempo fue pasando. Ángel se había convertido en un capitán pirata de lo más querido. De la mejor manera que podía, se encargaba de dirigir y mantener el orden de su tripulación y de la limpieza del mar, pues esa era la tarea más importante que realizaban. Sacaban del agua todos los plásticos y desechos que los humanos tiraban. Por desgracia, aquellos desechos que contaminaban el mar eran cada vez más abundantes. A veces utilizaba sus risas para recoger más residuos en el menor tiempo posible.

Tritón, que siempre lo observaba en secreto, estaba muy orgulloso de su pequeño. Ángel era un chico de una bondad y unos valores extraordinarios. Ayudaba a todos los barcos a encontrar el rumbo y éstos, en agradecimiento, le pagaban con monedas de oro.

Cierto día, Ángel estaba preparando unas super galletas para toda la tripulación —le encantaba experimentar en la cocina y sorprender con sus dotes culinarias— cuando, de repente ¡Tritón se presentó delante de él!

El capitán, feliz de volver a verlo, se lanzó a abrazarlo y a contarle todo lo que había hecho durante el tiempo que no se habían visto. Le contó todas las aventuras que había vivido en su barco y a todos los seres que había ayudado, muchas anécdotas, una detrás de otra porque no quería olvidarse ninguna.

Pasaron horas hablando. Las horas parecían minutos y los minutos segundos. Tritón estaba entusiasmado después de tanto tiempo. Ambos se habían echado mucho de menos.

—¿Por qué no has venido a verme antes, Tritón? —le preguntó Ángel cuando acabó de relatarle todo.

—No quería influir en tu nueva vida, por eso me alejé, pero siempre te he observado desde la distancia.

Ángel le ofreció unas galletas y comieron todos juntos.

—Ángel. Aunque he venido porque te echaba de menos, también necesito tu ayuda —confesó el rey de los mares cuando hubieron comido—. Bueno, la tuya y la de tu tripulación. Cuanta más ayuda, mejor

—¿Qué ocurre? —preguntó el capitán Carcajadas con gran curiosidad.

—Los vins tienen problemas.

Ángel se preocupó mucho. Los vins eran su familia y sentía gran admiración y cariño por ellos.

El rey le explicó que una mantarraya malvada llamada Píxul había adquirido unos poderes mentales extraños y, con la ayuda de un pequeño ejército de

pepinos marinos, encabezado por su jefe don Pepino, había rodeado la ciudad de los vins. Atacaban a todo el que se acercaba a ayudarles con dardos venenosos que expulsan por el culete.

—Píxul se ha hecho con el poder de la ciudad, dominando los pensamientos de todos sus habitantes. Los ha puesto su servicio.

—Pero ¿cómo ha podido someterlos a todos? —preguntó Ángel sin comprenderlo.

—Ese bichejo ha aprovechado la noche, cuando todos estaban dormidos, y se ha metido en sus mentes a través de los sueños. Al despertar, ya no eran conscientes de sí mismos y por eso ninguno ha ofrecido resistencia.

—Por eso hace tantos días que no veo a mis amigos vins… —comprendió Ángel—. Salmo y Neta suelen pasar por el barco casi a diario y llevan días sin venir.

—¿Y qué les han hecho los pobres vins a esa mantarraya? —preguntó Wissam a Tritón.

—Píxul ha ideado un plan terrible para hacerse con el poder de los océanos y los mares. Quiere acabar conmigo.

—Pero tú eres muy poderoso, no será era nada fácil conseguirlo —intervino Sonia.

—Lo soy, pero no soy invencible. Controlados mentalmente, los vins son un gran ejército contra mí. Sus poderes mágicos de los deseos podrían acabar con mi reinado y dominar a todo el reino marino. Ha montado un campamento en medio de la ciudad con unas celdas de caulerpas, unas algas tóxicas, y mete ahí a todo el que no le sirve para sus planes. No sabéis la que tiene liada…

—Pues tenemos que hacer algo… —Ángel se rascaba la barbilla pensativo.

Por eso había acudido a vosotros. Necesito ayuda para derrotar a Píxul y a su ejército de pepinos de mar. Si consigue vencerme, traerá el caos, la contaminación y la desaparición de muchas especies a nuestros mares. Algo fatal para todos, tanto seres marinos como humanos, ya que todo lo que sucede en el mar afecta a la tierra.

—Tritón, yo vivo en la superficie y Píxul está haciendo sus fechorías en el fondo del mar, no sé qué puedo hacer o qué puede hacer mi tripulación, pero estamos a tus órdenes. Por el bien de todos los seres vivos del planeta, hay que vencer a esa mantarraya —dijo Ángel muy preocupado.

Tritón se acarició la barba, pensativo.

—Ya sé, os voy a dar la capacidad de respirar bajo el agua durante un tiempo.

—¡Tritón, qué idea más fantástica! Solo a ti se te podría haber ocurrido algo así —se alegró Ángel, aunque con la voz entrecortada por el peso de una responsabilidad tan grande para su corta experiencia.

La tripulación estaba de acuerdo con Ángel, era una idea estupenda.

—De ese modo, tendremos más posibilidades —comentó Tritón.

—Eso sí —dijo Miriam—. Necesitamos unos días para idear un plan contra Píxul y su ejército pepinero.

—Exacto —añadió Ángel—. Hay que organizarlo todo muy bien, hasta el más mínimo detalle debe ser pensado y calculado para salir airosos.

—De acuerdo pues —aceptó Tritón, que no dudó ni un segundo de que lo que fuera que ideasen llegaría a buen puerto. Estaba convencido de que podrían vencer al mal, Ángel era un niño muy muy listo y su tripulación era la mejor que podía pedir.

El rey de los mares les lanzó el hechizo para que pudieran respirar bajo el agua con unas palabras que nadie comprendió.

En ese momento, a todos les aparecieron unas branquias en el cuello y, un momento después, ante sus ojos atónitos, desaparecieron.

—Os volverán a salir cuando os sumerjáis en el agua y, una vez pasadas cinco horas bajo el mar, desaparecerán y tendréis que volver a salir a respirar a la superficie —les

explicó Tritón—. Ángel, vuelvo en tres días y me cuentas tu plan.

—No te preocupes, Tritón. Lo tendremos listo. —Ángel le dedicó una sonrisa amable y el rey del mar se sumergió en el agua sabiendo que su pequeño, aunque ya no tan pequeño, lo haría bien.

—¡Aquí, mis grumetes! —llamó el capitán Carcajadas a la tripulación—. Tenemos una misión muy importante, probablemente, la más peligrosa que hayamos tenido nunca.

Todos se agruparon en torno a Ángel.

—Como todos sabéis, crecí en el mar y gracias a los vins y a Tritón soy quien soy. El rey ha acudido a nosotros pidiendo nuestra ayuda bajo el mar, así que tenemos que idear un plan para salvar al mundo marino de Píxul y su terrible ejército de pepinos de mar. No podemos fallarle... Somos un equipo y sin vosotros, no sería capaz de afrontar esto. ¡La unión nos hará invencibles!

Todos los piratas asintieron con un grito, mostrando su lealtad al capitán y dispuestos a todo por él.

Ángel tenía plena confianza en ellos. Siempre intentaban ponerse de acuerdo para idear la mejor forma de que las cosas salieran bien.

El primer paso fue reunirse en su camarote privado con Miriam, su mano izquierda —izquierda, ya que los dos eran zurdos—. Siempre era la primera persona con la que consultaba todo. Como siempre, Miriam no le defraudó. Sin ninguna duda, le planteó las ideas que ya se le habían ocurrido para vencer a Píxul:

—Capitán, creo que debemos hacer algo para distraer a la mantarraya y así ganar tiempo para liberar a los vins de su estado de hipnosis, o lo que sea que les haya hecho. —Ángel asintió pensativo—. Tú eres muy amigo de los delfines, ¿verdad?

—Son como hermanos para mí. Llevo jugando con ellos desde que tengo memoria, he vivido miles de momentos en su compañía.

—Pues creo que con su ayuda podríamos distraer a Píxul. Las ondas de ecolocalización que emiten los delfines pueden contrarrestar las de la mantarraya y crear interferencias. Esto podría distraer a Píxul el tiempo suficiente para que liberes a los vins de la hipnosis con el poder de tus carcajadas. De ese modo, seríamos suficientes para vencer a su ejército de pepinos de mar.

—Me parece una buena idea, aunque tendremos que pulirla un poco. Pero, por si no sale bien, debemos tener un plan be. No podemos permitir que Píxul domine a todos los seres marinos ni a nosotros. Así que, vamos a plantear tu idea a los demás y pedir opinión, a ver si entre todos encontramos un segundo plan por si nos falla el principal. Hay que atar todos los cabos y para eso es fundamental plantear todos los escenarios posibles y las dificultades que puedan surgir.

—De acuerdo, Capitán. Tienes razón, debemos guardarnos un as en la manga, por si las moscas.

—Bien, Miriam, reúne a la tripulación.

Miriam salió del camarote y fue a buscar al resto. Los reunió en la cubierta.

—¡Grumetes!, ya tenemos una gran idea para nuestra lucha contra Píxul, pero necesitamos más aportaciones, nunca se sabe.

En ese momento, llegó el capitán Carcajadas y se sentó en una silla junto a su tripulación, que lo miraba expectante. Ángel les contó la idea de Miriam.

—Es un plan arriesgado, si fallamos, corremos peligro. Píxul podría interferir en nuestras mentes y dominarnos —comentó el capitán algo preocupado.

—Por no decir que tenemos un tiempo limitado para respirar bajo el agua —dijo Nadim.

—Exacto —asintió Ángel. A todos les preocupaba un poco eso—. Por eso quiero que tengamos un plan be.

Todos se pusieron a pensar hasta que a Sonia se le ocurrió algo.

—Capitán, si la ecolocalización de los delfines fallase, ¿sería posible que con tus carcajadas enfermaras a Píxul? —Sonia no dejó hablar a Ángel y siguió con su exposición—. Estoy pensando que, si pudieras hacer eso, tal vez él acudiese a mí para que lo curase. De ese modo, ya tendríamos una segunda opción para distraerle. La estrategia de distracción es buena idea, es la manera menos peligrosa y no tendríamos que recurrir a algo más agresivo.

—Ya sabes que mis poderes fueron otorgados para hacer el bien. No puedo hacer enfermar a ningún ser vivo. Desde pequeño me han enseñado a usarlos para hacer feliz a los que me rodean, jamás haría algo así.

—Creo que no me has entendido, no decía que lo enfermases de verdad, solo hacerle creer que está enfermo para que venga a buscarme y podamos distraerlo el tiempo suficiente. Sería algo así como una de tus travesuras…

Ángel rio y asintió.

—Vale, así sí me parece bien; de hecho, quizá debamos emplear las dos estrategias a la vez: intentar bloquear sus ondas telequinéticas mientras yo lo hago creer que está enfermo. Alguna de las dos funcionará, y si lo hacen las dos, aún mejor.

—Pues ya tenemos plan be —añadió Miriam.

—Sí…, aunque creo que liberar a todos los vins a la vez con mis carcajadas puede ser complicado. Quizá no sea capaz de reír con la fuerza necesaria para despertarlos a todos. —Ángel se dio unos golpecitos en la frente, pensando en una solución—. Podría empezar por mi familia vins. Una vez queden libres, podrán usar sus deseos para liberar a los demás de una sola vez.

—Así será más efectivo y más rápido. Tampoco es que tengamos mucho tiempo —aceptó Sonia.

—Eso contando con que los haya hipnotizado. A lo mejor es otra cosa. Tritón solo dijo que los había controlado mentalmente —comentó Wissan.

—Cierto, Tritón no sabe exactamente qué les ha hecho ya que él está escondido —aclaró Ángel—. Si llegara a dominar al rey de los mares, estaríamos todos completamente perdidos.

—La magia de Tritón es increíblemente poderosa, si ese poder se usa para hacer mal sería muy malo para todos —añadió Patro.

—Bien, camaradas. Entonces ¿estamos todos de acuerdo en realizar la operación Píxul como hemos planeado? —preguntó el capitán. Y antes de que nadie dijese nada, comentó—: Si hay alguien que no esté de acuerdo o quiera aportar alguna otra idea, aún estamos a tiempo. También deciros que si alguno de vosotros no quiere participar en la misión, lo entenderé perfectamente. Podrá quedarse en el barco sin problema. Entiendo que nunca hemos hecho algo tan peligroso, nada que ver con lo que estamos acostumbrados en nuestras misiones.

Algunos permanecieron en silencio, pensando en las últimas palabras del capitán. Las dudas y los miedos comenzaron a apoderarse de ellos. No se habían planteado que la misión tuviera un riesgo real hasta que Ángel lo había dicho. Tendrían que estar bajo el agua y vencer a un malvado ser marino del que no sabían mucho. Ni siquiera sabían exactamente en qué consistían esos poderes de la mantarraya.

—Necesitamos una noche para pensarlo, capitán —pidió la tripulación casi al completo.

—Bien, mis grumetes. Tendréis esta noche para recapacitar si queréis formar parte de la misión contra Píxul. Vuestras dudas son completamente normales, por eso esperaremos a mañana para que decidáis quien quiere participar.

7

Ángel, en su conocido afán por cuidar de todos, decidió preparar sus ya famosas galletas para ayudar a su tripulación a pensar y tomar la decisión correcta. «Todos pensamos mejor cuando añadimos algo dulce a nuestro estómago», pensó mientras amasaba y se carcajeaba para dotarlas de un toque chispeante. Sus galletas producían a quien las comía cosquillas en el paladar, un toque mágico que además de risas endulzaba con su delicioso sabor. A todos les encantaban.

—¡Buenos días, Grumetes! —Ángel recibió a su tripulación en la cocina con una bandeja llena de galletas—. ¡Todos a desayunar!

Todos se lanzaron hambrientos a por sus ricas galletas. Cuando todos estuvieron sentados y comiendo, Ángel tomó la palabra:

—Espero que hayáis dormido bien. Mientras termináis el desayuno, voy a llamar a los delfines para hablar con ellos y acordar la mejor forma de dirigirnos al pueblo vin. Debemos dejar todo preparado antes de lanzarnos al mar. Habéis tenido toda la noche para pensar si queréis participar en esto, ¿qué habéis decidido?

—Capitán, yo quiero ser parte, no me ha hecho falta pensar mucho. ¡Estoy contigo! —exclamó Wissam.

Todos se sumaron a esta decisión, incluso Coco, con sus saltos y ladridos, parecía estar diciendo que él también quería ayudarlos. Todos estaban dispuestos a enfrentarse a Píxul y a su ejército de pepinos de mar.

—Capitán, ¿cómo íbamos a perdernos ver a unos pepinos de mar lanzando dardos por su parte trasera? Ja, ja, ja, ja, ¡tiene que ser todo un espectáculo! —rio Miguel.

—Miguel, me parece bien que quieras tomarte esta misión como algo divertido, pero debes tener en cuenta que será arriesgado enfrentarnos a ellos —lo regañó Ángel.

—Lo sé, mi capitán —se disculpó Miguel—. Era por darle un toque alegre a este momento tan importante a la par que restarle tensión. Pero no podéis negarme que llevo razón, tiene que ser curioso ver a ese animal marino lanzarnos dardos por ahí... ja, ja, ja... Perdonadme, pero solo con pensarlo me da la risa.

Al final, las carcajadas se extendieron por la cocina. El pequeño grumete tenía razón, la imagen de un pepino de mar disparando dardos por su trasero era muy graciosa, aunque también peligrosa ya que esos dardos eran venenosos.

—Bueno, ya está bien. Nos estamos distrayendo y ya sabéis que soy de risa fácil, cuando empiezo a reír no puedo parar... Como se active mi don la vamos a liar —dijo el capitán aguantándose la risa—. Venga, no me distraigas que debemos estar concentrados.

Recogieron los restos del desayuno y subieron a cubierta para que Ángel fuese a buscar a los delfines. Justo antes de irse, Alejandro gritó:

—¡Capitán, veo a lo lejos algo que se aproxima!

—¿Quién es? —preguntó Ángel preocupado—. Espero que no sea nadie que necesite ayuda, tanto trabajo nos tiene saturados, lo que menos necesitamos ahora es problemas en la superficie.

—¡Mi capitán, es Serafín! —informó el grumete—. Parece que viene con más delfines, pero yo solo lo conozco a él.

—¡Vaya! Parece que sabían que los ibas a llamar, capitán —se sorprendió Alba—. Estos delfines, me parece a mí, que tienen muchos más sentidos de los que conocemos.

—Perfecto. Así no perdemos tiempo en buscarlos —se alegró Ángel.

—¡Ángel, Ángel, aquí estamos! —gritaron los delfines desde el agua. Con ellos iba un pez espada hembra. El capitán se lanzó al agua para hablar con ellos—. Tritón nos ha mandado un mensaje a través de los peces espada y nos ha puesto al día. Estamos un poco asustados con todo esto… Píxul nos está amenazando y quiere hacerse con todos. Son muchas las especies que ya han caído bajo su dominio, los vins están haciendo lo que él les dice y ya ahora ha sometido también a los tiburones. Menos mal que son un poco torpes... Los próximos podríamos ser cualquiera de nosotros. Los peces espada están con nosotros, por eso también ha venido Daga, su jefa, y quieren ayudar en la lucha contra Píxul. ¡Todos los que aún no estamos sometidos queremos ayudar para librarnos de este ser tan malvado!

—¡Genial, Serafín! Yo justo iba a pediros ayuda. Si también podemos contar con los peces espada, mejor que mejor. ¡Toda ayuda es bienvenida! Hemos trazado un plan que creemos pueda ser efectivo para liberarlos a todos.

Ángel contó a los delfines y a Daga cómo habían pensado vencer a la malvada mantarraya.

—¡Cuenta con nosotros! Haremos cualquier cosa que necesites —exclamaron los delfines.

—Es un plan perfecto —añadió Daga—. Mi banco entero de peces espada será vuestro ejército. Nos enfrentaremos a los pepinos, los distraeremos e intentaremos capturarlos para que Ángel, la tripulación y los delfines accedáis a Píxul y al pueblo vins con más facilidad.

—¡Estupendo! Me gusta el plan —sonrió Ángel.

—Tritón nos ha dicho que mañana vendría a verte para hablar contigo y saber qué vamos hacer, así que mañana volveremos —informó Serafín.

—Bien, pues todos a descansar —propuso Ángel—. Serafín y compañía, gracias por venir y mostrarnos vuestro apoyo y lealtad. Y, sobre todo, encantado de conocerte, Daga.

—A mí también me ha gustado conocerte, Ángel., Mañana vendré con mi banco de peces espada y así podrás conocernos a todos.

—¡Hasta mañana, chicos! —se despidió Serafín.

—¡Hasta mañana! —se despidió Ángel antes de regresar al barco.

Informó a su tripulación de la conversación que había mantenido en el agua y de la nueva ayuda con la que contaban.

8

A la mañana siguiente, cuando el sol apenas comenzaba a reflejar sus rayos sobre el agua plateada de un mar tranquilo, Tritón fue a visitar el barco pirata, tal y como había anunciado Serafín.

Todos dormían, todos menos uno. Ángel, sentado en la proa y con la mirada fija al horizonte, trazaba en su mente uno a uno cada paso de la operación Píxul.

—Buenos días, Ángel —lo saludó el rey del mar.

—¡Tritón, qué alegría verte! ¿Cómo estás?, ¿tienes noticias?

Tritón subió al barco, cambió su cola por piernas, y se sentó al lado del chico.

—Por ahora estoy bien. Sigo escondido, no quiero que me encuentren y me quiten mi poder. Sería terrible…

—Ayer me informaron los delfines que Píxul avanza en sus dominios y cada vez somete a más especies. No podemos dejar pasar más tiempo, debemos poner remedio a la situación ya, majestad.

—Sí, Ángel, tienes razón.

Anoche vino a verme Daga, ellos están un poco aislados de las ondas de Píxul. No sé cómo lo han conseguido, pero están esquivando muy bien la situación, igual que los delfines. Me contó vuestro plan y me parece perfecto, pero, por favor, tened mucho cuidado.

—Lo tendremos, Tritón. Solo espero que todo salga bien…

—Sí, yo también. De hecho, iré con vosotros. Juntos seremos más fuertes. Al fin y al cabo, soy el rey del mar y mi deber es protegeros.

Ángel no estaba muy seguro de esa decisión.

—Si quieres venir, está bien. Pero temo por ti. Te has escondido precisamente para que Píxul no pueda hipnotizarte y usar tu poder contra todos, ¿será seguro enfrentarte a él ahora?

—Estoy seguro de que todo va a salir bien —afirmó Tritón convencido—. Contigo nada puede ir mal y unidos seremos más fuertes. Recuerda siempre mis palabras, mi pequeño niño, la unión hace la fuerza.

—De acuerdo entonces. Pues creo que ya sé cómo lo vamos a hacer, cuando le hagamos creer que está enfermo y acuda a Sonia, los delfines emitirán sus ondas para contrarrestar las de Píxul, en ese momento, tú y yo, si te parece bien, iremos a sacar a mi familia del trance. Así, si mi carcajeo me falla podrás ayudarme.

—Me parece perfecto, Ángel. Hagámoslo así. Daga y los suyos se encargarán de los pepinos, sus dardos son bastante dolorosos, tanto, que hasta pueden paralizarnos o incluso hacernos desmayar. Es importante que los capturemos y distanciamos de nosotros lo más lejos posible. Necesitamos que organices a tu tripulación para que todos y cada

uno de ellos estén en sus puestos. Tú los conoces bien, sabrás qué posición deben asumir.

—Sí, por eso no te preocupes.

—Bien. Ahora, si te parece bien, invítame a tus galletas chispeantes mientras llegan los peces espada y los delfines. Un chocolate caliente tampoco me vendría mal —rio guiñándole un ojo.

Ángel soltó una risita y fue a buscar el chocolate y las galletas y comieron juntos. Cuando llegaron los peces y delfines, Tritón y Ángel se lanzaron al mar para hablar con ellos.

Decidieron que primero, los peces espada y algunos grumetes capturarían a los pepinos de mar con una red gigante que había en el barco. Los peces espada los acorralarían para que los grumetes arrastrasen la red desde un lugar estratégico y los capturasen. Después, Ángel y Tritón irían a liberar a la familia del capitán. Y una vez ellos libres y los pepinos atrapados, irían todos a por el resto de vins y Píxul.

Quedaron en reunirse todos a las ocho en punto de la mañana, en la zona donde vivían los delfines para comenzar con su peligrosa misión.

A la mañana siguiente, llevaron el barco lo más cerca posible del hogar de los delfines.

—¡Camaradas! ¿Todos preparados? —preguntó Ángel en cubierta mirando uno a uno a su tripulación—. Ha llegado el momento. Vamos al encuentro de nuestros amigos para salvar al océano del malvado Píxul. No olvidéis que solo tenemos cinco horas de respiración bajo el agua. Para no desperdiciar el tiempo, saldremos a la superficie una vez

estemos todos y respiraremos antes de embarcarnos en la lucha contra Píxul y su ejército.

El capitán Carcajadas organizó a cada uno en su puesto.

—Alba y Antoñín, necesito que os quedéis en el barco. Alguien debe quedarse aquí para vigilar que no le ocurra nada a la embarcación y cuidando a Coco; sabéis que si se queda solo se asusta.

—Pero, capitán, ¡nosotros queremos ir a ayudar! —se quejaron los jóvenes.

—Lo sé, pero sois los que mejor manejáis el barco. Si nos pasa algo ahí abajo, sé que encontraréis la manera de ayudarnos. Si pasadas las cinco horas no hemos vuelto, no quiero que bajéis a buscarnos. Tendréis que pedir ayuda a las sardinas, que estarán dispuestas. Ya han sido avisadas por Tritón y rondarán el barco por si las necesitáis, además,

sus bancos son enormes. Pero tranquilos, seguro que todo va a salir bien, así que cuidad de todo por aquí arriba.

—¡Sí, mi capitán, así lo haremos! Id con cuidado. Y no te preocupes por la embarcación ni por Coco, se quedan en buenas manos.

El capitán les dedicó una sonrisa y se giró hacia Nadim.

—Nadim, ¿has calculado los tiempos de inmersión, distancias y supuestas confrontaciones? Todo calculado, ¿verdad?

—¡Sí, señor! Según los números, tenemos tiempo de sobra. Cinco horas serán más que suficientes, los números nunca me han fallado, confía en, mi capitán, todo calculado.

Ángel asintió.

—Wissam, ¿qué condiciones tienen hoy las profundidades marinas?, ¿hay algo que dificulte nuestra visión?

—¡Todo muy bien, capitán! La visibilidad hoy es extraordinaria, mejor día no hemos podido escoger, condiciones más que favorables.

—Bien. Sonia y Miriam, he estado pensando y vosotras os vais a quedar en el barco.

—¡Pero, capitán, no puedes hacernos eso! ¡Queremos ayudar! —se quejaron las dos a la vez.

—Dejadme que os explique —las calmó él—. Sonia, si Píxul cae en la trampa y quiere acudir a ti para que lo cures, ¿qué crees que pensará si te ve bajo el mar con la capacidad de respirar bajo el agua?

Sonia y Miriam asintieron, comprendiendo la situación.

—Sí… tienes razón. Le estaríamos dando motivos para sospechar que ocurre algo raro —aceptó Sonia.

—Exacto. Por eso, si busca tu ayuda, lo más lógico es que acuda al barco. Y para que no estés sola, Miriam se quedará contigo. Es la más hábil y audaz para tomar decisiones rápidas. Lo mejor sería atenderlo en el barco, así nos daríais más tiempo a nosotros, pero si os pide que bajéis al agua para ayudarlo, usad equipos de buceo, así no sospechará nada.

—Sí, mi capitán —exclamaron Sonia y Miriam.

—Miguel, Alejandro y Patro, vosotros acompañaréis a los delfines en su actuación de ondas de ecolocalización. Los demás, iréis con los peces espada. Seguro que todo saldrá bien. Bajo el agua pido rapidez, por favor. Cada uno en su puesto y sin perder tiempo en explicaciones. Vosotros no entendéis demasiado bien el idioma de los animales marinos, así que tenéis que tenerlo claro antes de sumergirnos para que no haya confusiones. ¿Ha quedado claro la función de cada uno y dónde debe estar? Si tenéis dudas, ahora es el momento de resolverlas.

—¡No, señor, todo claro! —gritaron a la vez.

—Bien, pues ¡pongámonos en marcha!

9

Cuando llegaron, ya estaban todos esperando, delfines y peces espada; al mando, Daga y Serafín.

—Hola, Ángel. Por aquí lo tenemos todo preparado. Cada uno a sus puestos y vamos allá.

—No, Serafín, todo no. ¿Dónde está Tritón?

Serafín buscó al rey con la mirada.

—Vaya, Ángel, con todo el alboroto no me había dado cuenta de que aún no ha llegado. Ya debería estar aquí… Es extraño. Ha debido pasarle algo.

—¿Y si ha caído preso de nuestros enemigos? —se preocupó Daga—. De ser así, tendríamos un grave problema…

Se miraron unos a otros pensando lo peor hasta que una voz alivió la tensión.

—¡Chicos, ya estoy aquí! —saludó el rey Tritón con una sonrisa culpable—. Siento llegar tarde el día menos indicado, pero tenía que ayudar a una orca. Había quedado varada en una gran montaña de basura y era imposible que saliera de ahí ella sola. No sé qué sucede, pero cada vez está más contaminado nuestro maravilloso océano —se lamentó.

—No te preocupes, Tritón. Está más que justificado el retraso. Y estoy de acuerdo contigo, están ensuciando nuestros mares a un ritmo que da miedo. Necesitamos concienciar a la población de tierra para que no produzcan ni viertan tantos residuos. Es muy perjudicial, afecta a la salud de los océanos y los mares, además de a todos los habitantes del planeta… Cuando terminemos con Píxul, buscaremos la manera de remediar este problema —se comprometió el capitán Carcajadas.

—Así lo haremos, Ángel —se sumó Tritón—. Ahora, venzamos a esa malvada mantarraya.

Cada uno tomó su puesto. Unos pusieron rumbo hacia la ciudad de los vins, que estaba completamente rodeada por los pepinos de mar. Daga, su banco de peces y los grumetes designados se lanzaron a por ellos a la vez que los delfines emitían sus ondas de ecolocalización con la intención de crear interferencias en Píxul. Mientras tanto, Ángel se concentró para estallar en carcajadas cuando llegara el momento y hacer creer a la mantarraya que se sentía enferma. Tritón solo intervendría como último recurso.

Nadim, uno de los grumetes que acompañaba a Daga tenía un plan para atraparlos con la red:

—Daga para acorralar a los pepinos debemos acercarnos haciendo un escudo, así no podrán escapar. Con vuestras

espadas esquivaremos los dardos, si es que les da tiempo lanzarlos.

—Muy bien. Vosotros quedaos detrás nuestra. Preparad las redes y en cuanto os avisemos, la extendéis de lado a lado.

Los peces espada se lanzaron a por los pepinos, que emitían una lluvia de dardos pepineros. Los grumetes estaban un poco asustados, ya que les estaba costando esquivarlos; sin embargo, gracias a sus amigos, la defensa fue rápida y exitosa.

—¡Ahora, lanzad la red! —gritó Daga.

Los grumetes, sin perder tiempo, extendieron la red y los atraparon a todos. No podían creer que hubiese sido tan fácil.

—Encerremos a estos malvados —ordenó Daga, guiándolos hacia las profundidades, donde se encontraba la prisión que Tritón había dispuesto para la ocasión.

En ese momento, Serafín fue a avisar a Ángel de que ya sentían las ondas de Píxul, lo que significaba que la mantarraya estaba cerca.

—Es un buen momento para que desates tu poder, si nos ve antes, sospechará.

Ángel asintió, respiró hondo y soltó una gran carcajada, seguida de muchas más. Píxul, ajeno al plan, comenzó a sentirse bastante mal. A pesar de su maldad, era bastante quejica y un poco blandengue, por lo que, tal y como habían imaginado, Píxul mandó a uno de sus esbirros a avisar a Sonia de que iba a visitarla para que lo curase.

Aunque parecía que todo iba según lo previsto, nadie se percató de que don Pepino, el general del ejército, se había zafado de las redes y había escapado.

Píxul llegó al barco, donde Soni lo esperaba. Cuatro vins lo acompañaban. La médica bajó en un bote para estar a su nivel, ya que no quería que descubriese el hechizo que les había lanzado Tritón.

—Me han hablado de ti —le dijo Píxul en el idioma de los peces que, gracias a Ángel, la médica conocía—. Por eso he venido. No sé qué me pasa, pero me encuentro mal. Debo estar enfermo y necesito que me cures. Estoy haciendo algo muy importante y no puedo ponerme malo ahora…

—Mi misión es ayudar a todo ser vivo, aunque sea un ser malvado como tú. Así que, si estás enfermo, intentaré curarte —dijo Sonia desagradable.

A Píxul no le gustaron ni el tono ni las palabras de la médica, pero como se encontraba tan mal, no se sintió capaz de contestar. Tan mal se encontraba que ni siquiera le resultó extraño que una humana lo estuviese entendiendo.

—Te subiremos al barco…

—No —sentenció la mantarraya—. Vendrás a mi campamento y allí podrás revisar todo lo que quieras.

Sonia reprimió un resoplido. El plan de retenerlo en el barco no era viable.

—De acuerdo —aceptó a regañadientes—. Déjame subir al barco a por mi equipo de buceo y mi compañera Miriam. La necesito para poder evaluarte, aunque sería mucho más fácil hacerlo en el barco, que tengo todos los aparatos…

—No, humana. Ya te he dicho que iremos a mi campamento. Date prisa y coge lo que necesites, que no me encuentro bien.

Sonia subió de nuevo al barco y, con ayuda de Miriam, se pusieron el equipo de buceo lo más rápido que pudieron.

—¿Cómo vas a entretenerlo? —preguntó Miriam preocupada.

—No lo sé… Improvisaré sobre la marcha.

En cuanto estuvieron listas se lanzaron al agua y siguieron a Píxul y los vins de camino al campamento.

—Serafín, ¿cuándo iremos a la ciudad vins? Hay que reunirse con los demás y el tiempo pasa. Juntos somos más fuertes —comentó Alejandro.

Los nervios se apoderaban de los grumetes.

—Tranquilo, Alejandro, todo en su momento. Ángel y Tritón ya van en busca de la familia de Ángel. Nosotros debemos permanecer aquí y seguir bloqueando las ondas para que les dé tiempo de liberar a los vins. Entonces, será el momento de entrar en la ciudad.

Los grumetes asintieron, resignados. Por suerte, todo iba según lo planeado… O eso creían ellos.

El pueblo de los vins no era precisamente pequeño, además de que estaba lleno de vins y pepinos, que vigilaban las celdas y patrullaban las calles. Tritón y Ángel buscaban a su familia con todo el sigilo que podían para no ser descubiertos, pero no los veían.

En un momento determinado, empezó a haber mucho alboroto. Los soldados vins iban de un lado a otro, como si estuviesen buscando a alguien.

—¿¡Qué ha pasado!? —preguntó Tritón con los ojos muy abiertos—. ¡Oh, no…! ¿Nos habrán descubierto?

Ángel y Tritón se miraron preocupados.

—¡Hay que salir de aquí! —exclamó Ángel—. Vamos a por los demás y vemos qué hacemos.

Justo cuando ellos salían a toda velocidad del lugar, Píxul llegaba por otra de las entradas con Sonia y Miriam. Por poco no se cruzaron…

—Bien, vamos a mi carpa y allí me examinas —indicó la mantarraya al tiempo que las guiaba hacia una de las tiendas que habían montado cerca de las celdas.

Sonia se entretuvo todo lo que pudo en examinarle, pero tampoco tenía utensilios para tardar demasiado.

—Bueno, ¿qué? —preguntó Píxul al cabo de un rato—. ¿Qué me pasa? ¿Me voy a poner bien?

—Claro que sí. Parece que el origen de tu indisposición es un virus, pero necesitaríamos algunas pruebas para confirmarlo —respondió Sonia.

Píxul iba a contestar cuando unos gritos le alertaron.

—¡Píxul, Píxul, te han tendido una trampa!

—¡Don Pepino! ¿Qué haces aquí? ¿Por qué has dejado tu puesto? —se enfadó Píxul.

—Señor, nos han tendido una trampa. Los humanos se han compinchado con los seres marinos.

—¡¿Qué estás diciendo?! ¡Tonterías! Con lo mal que me encuentro, no estoy yo para esa clase de invenciones.

Miriam y Sonia se miraron asustadas y trataron de salir a escondidas, pero los cuatro guardias vins les cortaron el paso.

—Pero, Píxul, señor, ¡han capturado a casi todo mi ejército y los han encerrado en unas celdas que no habíamos visto nunca!

La mantarraya, al ver al pepino tan alterado, comprendió que no era una invención.

—¡Será posible! Venga, cuéntame lo que ha pasado.

—Nos han atrapado con redes y nos han encerrado. Yo he conseguido escapar. Su plan es liberar a los vins con la ayuda del capitán Carcajadas y sus piratas. Han debido usar magia para enfermarte… Debe ser parte de su plan.

—¡¿Cómo es posible?! ¡Vins, inútiles! —llamó a su guardia—. ¡Detened a estas dos! Seguro que son cómplices.

Sonia y Miriam, que se vieron atrapadas en un segundo por el poder de los vins, no pudieron hacer nada para escapar.

—¿Cómo habré podido dejarme engañar tan fácilmente? Yo, el más despierto, listo y perspicaz ¡haber caído en una trampa tan simple! ¿Qué está pasando? Me encuentro tan mal… Pero no dejaré que me venzan…Vamos, rápido, voy a comprobar la situación —le dijo a don Pepino. Luego alzó la voz para que los vins lo oyeran—. Que estas dos mentirosas no se escapen. Una pena que no pueda utilizar mis ondas mentales con humanos, si no ¡se iban a enterar estas dos piratas impostoras! Meterlas en una de las celdas y tenerlas vigiladas en todo momento, no quiero que puedan avisar a sus compinches —les ordenó antes de irse.

Los vins las llevaron a una de las celdas de caulerpas. Miriam reconoció enseguida las algas y supo que no podían tocarlas. Ambas estaban muy asustadas, el plan se había estropeado. ¿Qué iban hacer ahora? No podían avisar a nadie.

—Vigílalas, Neta —ordenó uno de los vins. Los otros tres se fueron a organizar a los demás.

La vin se sentó en la estatua que había justo al lado de la celda. Desde ahí podía vigilarlas y descansar al mismo tiempo.

—Oye, Miriam, Neta es la hermana de Ángel, ¿verdad? —susurró Sonia.

Miriam asintió.

—Neta... Esto, hola. ¿Nos escuchas? —Sonia intentó hablar con ella, pero no la escuchaba. Píxul la tenía totalmente dominada.

—Tenemos que salir de aquí, hay que avisar a los demás. Como Píxul encuentre a Tritón y Ángel antes de liberar a los demás vins, tendrán problemas —dijo Miriam preocupada.

—Llevas razón... Esto está siendo más peligroso de lo que pensábamos. Hay que escapar...

Ángel y Tritón llegaron casi sin aliento al punto de encuentro. Todos, salvo Sonia y Miriam, los estaban esperando para el siguiente paso. Ángel preguntó por ellas.

—¡Las han descubierto, capitán! —informó Wissam—. Hemos oído cómo un grupo de vins decía que se las llevaban presas.

—Pero... ¿Qué ha pasado? ¿Cómo las han descubierto, Wissam?

—No lo sabemos... Solo los hemos oído decir eso.

—Está claro que Píxul nos ha descubierto. Es posible que nuestras ondas ya no funcionen... —comentó Serafín asustado y confundido.

—Es fundamental que mantengamos la calma. Ahora, lo primordial es rescatarlas. Las habrán metido en las celdas del campamento... Tenemos que volver allí, pero hay que tener mucho cuidado porque tenemos a toda la comunidad de vins en alerta, buscándonos. No hace falta decir el peligro que esto entraña.

Todos asintieron, mirándose unos a otros con el miedo y la preocupación reflejándose en sus rostros.

—Iremos Tritón y yo —sentenció el capitán. Los demás empezaron a quejarse, pero él alzó la mano para seguir hablando y todos se callaron—. Nosotros arreglaremos este desaguisado. Vosotros quedaos aquí. Si Sonia y Miriam consiguen escapar vendrán al punto de encuentro, alguien tiene que estar aquí para contarles lo que ha pasado. Además, si eso pasase, tú, Serafín, podrás encontrarme con tus ondas para informarme.

Piratas, grumetes, delfines y peces espada aceptaron la decisión del capitán Carcajadas y el rey Tritón, que se alejaron del punto de encuentro sigilosos y rápidos.

Sonia y Miriam intentaban refrescar la memoria de Neta para que volviera en sí. Le contaron viejos recuerdos de tardes interminables de juegos, vins y piratas juntos; sin embargo, nada parecía surtir efecto.

—Soni… No hay manera, no nos conoce. —Miriam resopló y Sonia asintió resignada—. Tantos nervios y miedo me han dado un hambre increíble, necesito comer algo.

—Yo tengo galletas chispeantes del capitán en el bolsillo, aunque con el agua se habrán hecho papilla, no sé si estarán muy comestibles.

—No importa, serán mejor que nada, dame pasta chispeante, que calme un poco mi estómago.

Justo cuando Sonia sacaba la pasta del bolsillo, Neta las apuntó con la lanza.

—¿Qué estáis haciendo? ¡¿Qué tienes ahí?! ¡Dame lo que has sacado del bolsillo o te clavo la lanza!

—Solo son unas galletas, Neta, tenemos hambre. —Sonia alzó las manos para que la vin las viera.

—¡Yo también tengo hambre! ¡Yo me las comeré!

A Sonia no le quedó más remedio que dárselas. En cuanto Neta se metió un trozo en la boca, comenzó a reír.

—¡Ja, ja, ja, ja! Pero, ¿qué me habéis dado? ¡No puedo parar de reír, me hace cosquillas! Ja, ja, ja, ja.

—Son galletas chispeantes, las que nos hace Ángel, tu hermano. ¡Vamos, Neta! ¡Tienes que recordar quiénes somos y, sobre todo, quién eres tú!

Neta seguía comiendo el amasijo de galletas sin dejar de reír, cuando de repente dijo algo que esperanzó a las piratas:

—Vaya… Este sabor… me es familiar. Y estas cosquillas… ¿Qué ha pasado? —preguntó confusa—. ¿Soni?, ¿Miriam? ¿Por qué estáis en una celda? ¿Qué hacemos aquí?

—¡Ohh, por fin nos reconoces! ¡Las galletas te han sacado del estado hipnótico! —se alegró Sonia.

—Parece que el toque de magia que Ángel añade a esas galletas ha eliminado el dominio de Píxul.

Neta las miraba sin comprender, así que la pusieron al día.

—¡¿Cómo es posible?! ¡Tenemos que hacer algo! No creo que el plan de mi hermano Ángel haya salido bien porque los vins de este lugar siguen bajo su influencia.

—Pues pensemos un plan para ayudar… —propuso Miriam.

—Mis padres, mi hermano Salmo y yo estamos conectados mentalmente. Si me concentro, podría saber dónde están.

Se sentó en la estatua y cerró los ojos. Al cabo de unos minutos, asintió y abrió los ojos.

—Salmo está en mi casa y no siento a nadie con él. Iré a buscarlo y lo sacaré del trance de Píxul. Juntos buscaremos a mis padres y haremos lo mismo. Vosotras iréis al punto de encuentro y avisaréis a Ángel y a los demás.

—Pero… ¿y si han descubierto a Ángel y a los demás? —Sonia estaba preocupada.

—Por eso no podemos perder más tiempo. Tengo que intentar que mi familia vuelva en sí para que juntos liberemos a todos los vins que podamos. Cuantos más seamos, más fácil será salvarlos a todos del control de Píxul y deshacer lo que haya hecho.

10

—¡Maldita sea! ¿Dónde están todos? —se quejó Píxul enfadado.

Él y don Pepino nadaban en busca del ejército pepino y el resto de vins, pero ya llevaban un buen rato y no encontraban a nadie.

—¡¿Dónde diantres han encerrado a tus pepinos?!

—Señor, ya le he dicho que están en unas celdas nuevas, pero están el territorio de Tritón. No podemos acceder a esa zona…

—¡Malditos piratas de chiste! ¡Seguro que están escondidos allí con los delfines y peces espada!

Píxul se detuvo, total, seguir nadando no solucionaba nada si no podía ir hasta las celdas.

—¡Estoy harto de ese Tritón! ¡Qué ganas tengo de quitarle sus poderes! Cuando lo consiga, lo echaré del océano y me coronaré como el nuevo rey. Bien, vamos a buscar a esos estúpidos vins para que vayan ellos a rescatar a tus pepinos. ¿Dónde se habrán metido? Esto es muy raro… Está todo demasiado tranquilo.

Píxul concentró su poder mental para reunir a todos los vins. Ellos sí podrían acceder a las celdas y luego, pepinos y vins, atraparían a esos piratas de pacotilla y a todos sus aliados.

Sonia y Miriam se quitaron los trajes de buzo, ya que llamaban mucho la atención y, en realidad, no lo necesitaban. Nadaban con sigilo escondidas entre los jardines de algas y corales que había por el pueblo vin.

—Soni, tenemos que ir con mil ojos para que nadie nos descubra.

Saliendo de un escollo, vieron a Ángel y a Tritón

—¡Mi capitán! —exclamaron las dos piratas, que fueron lo más rápido que pudieron hacia ellos.

—¡Soni, Miriam! ¡Estáis bien! No sabéis lo preocupados que estábamos todos por vosotras. Tritón y yo hemos venido a liberaros, pero ya veo que os habéis liberado vosotras solas —se alegró el capitán.

—En realidad, nos ha ayudado tu hermana Neta —le explicó Miriam y le contó el plan de Neta.

—Bien... Id a buscar a los demás, están en el punto de encuentro y os esperan. Luego volved al barco. No queda mucho tiempo para que el hechizo de Tritón se disuelva.

—Sí, nosotros ayudaremos a Neta —añadió Tritón.

Y así, cada cual cogió una dirección diferente. Con sumo cuidado para no ser vistos, Ángel y el rey de los mares llegaron a casa de la familia marina del capitán.

—Neta, soy yo —susurró Ángel al tiempo que golpeaba la ventana.

Neta abrió la hoja y al verlos se le escapó un pequeño grito de emoción.

—¡Estáis bien!

—Shhhh, baja la voz o nos descubrirán.

Neta asintió y les abrió la puerta. Tritón y Ángel entraron en la casa. Salmo ya había sido liberado del control mental de Píxul e informado de la situación. El siguiente paso era ir a liberar a los padres de Neta y Ángel, pero antes de que ninguno pudiera sugerir nada para solucionar los problemas, Tritón habló decidido.

—¡Se acabó! Soy el rey de los mares y ha llegado el momento de que sea yo quien actúe y arregle la situación. He intentado mantenerme al margen y no intervenir para no poner en peligro a nadie, pero creo que he conseguido lo contrario. Debo poner fin a esto y solucionarlo. Pixul está distraído, ahora mismo estará más centrado en encontraros a vosotros que en quitarme mi poder.

Tritón salió de la casa y, sin dar opción al resto de réplica alguna, extendió su tridente y entonó unas palabras que parecían una canción. Seguidamente, el agua se puso tan turbia que apenas se podía ver.

—¡Píxul, ¿qué está pasando?! —se asustó don Pepino, que intentaba ver más allá de la mantarraya, pero todo estaba oscuro y turbio.

—Yo… No lo sé…

Píxul no pudo acabar la frase, ya que antes de que pudieran darse cuenta, ambos se desmayaron.

Los vins que habían acudido a la llamada de Píxul se quedaron desconcertados al verlo caer, pero a los pocos segundos, salieron del estado de control mental al que los tenía sometidos. Y no solo los vins, el resto de criaturas marinas controladas por la mantarraya también salió de su estado.

—¿Qué has hecho, Tritón? —se atrevió a preguntar Ángel cuando el rey del mar y su tridente dejaron de brillar.

—Lo que tenía que haber hecho antes. He sumido a Píxul, a Don Pepino y el resto del ejército pepino en un sueño momentáneo y he liberado a los que estaban sometidos por su poder.

—¡Vaya! —se sorprendieron Neta y Salmo que, aunque sabían que el rey del mar era muy poderoso, no se imaginaban que lo fuera tanto.

—Bien, ahora, Neta y Salmo iréis a reunir e informar a los vins, que estarán algo desconcertados con todo esto. Tú, Ángel, ve a buscar a tu tripulación, a los delfines y a los peces espada. Yo iré a capturar a Píxul y Don Pepino antes de que se despierten.

—Así lo haremos —aceptó Ángel, que salió en busca de los suyos.

—¡Chicos, es Ángel! —anunció Wissan cuando vio que Ángel se acercaba. Estaban muy cerca del barco.

—¿Qué ha pasado? Nos hemos asustado cuando el agua se ha vuelto turbia y nos hemos venido al barco —explicó Sonia.

—Ha sido Tritón, pero ¡todo ha ido bien! —exclamó Ángel.

—Pero ¿qué ha pasado? —preguntaron casi todos a la vez.

El capitán Carcajadas les contó cómo el rey del mar había conseguido con su gran poder hacer caer a Píxul y al ejército pepino y cómo había sacado del trance a todos los seres marinos que habían sido dominados con un solo movimiento de su tridente.

—Ahora estará capturándolos antes de que despierten. Los llevará a las celdas que ha creado de caulerpas en su territorio.

—¡Pues vamos! —se animaron todos.

—Sí, vamos. Antes de que termine el hechizo de Tritón que nos permite respirar.

Fueron rápido, lo más rápido que pudieron. Cuando llegaron, vieron a Tritón frente a la celda donde estaban encerrados Píxul y don Pepino, que ya estaban despiertos y se quejaban enfadados.

—¡Aquí me tenéis! Finalmente, habéis conseguido vencerme con vuestras tretas. ¡¿Estaréis contentos, panda de piratas mequetrefes?!

—¿Y no puede volver a usar su poder? —preguntó Nadim preocupado, mirando de reojo a la mantarraya.

—No, las algas caulerpas, además de ser tóxicas, anulan los poderes de Píxul —le explicó Neta, que también se había acercado.

—Menos mal…

Poco a poco, varios vins y otros animales marinos se acercaron a las celdas para observar a la malvada mantarraya y su ejército de pepinos que tanto daño había hecho. Todos se alegraban de que por fin estuvieran atrapados, pero nadie sabía qué iba a pasar a continuación. Píxul parecía estar haciéndose la misma pregunta, porque soltó algo asustado:

—¿Qué pensáis hacer conmigo? ¿Desterrarme?

—Esa decisión solo le corresponde a Tritón. Él decidirá qué va a pasar contigo y con los pepinos —explicó Roda, la madre vin de Ángel.

—¿Y qué ha decidido el dichoso rey del mar?

—No te conviene ser tan mal educado, Píxul. Después de todo lo que has hecho, tu destino debe ser acorde —dijo Tritón.

Don Pepino, que vio que la situación podía empeorar, decidió intervenir.

—Señor rey del mar. ¿Puede decirnos qué va a hacer con nosotros?

Tritón agradeció los modales y se giró hacia la multitud que se había concentrado.

—Según las leyes del mar, hay que celebrar un juicio justo. En él dictaré sentencia y decidiré qué ocurrirá con estas criaturas. Os emplazo a todos dentro de tres horas en el salón de juicios de mi palacio.

Una ovación se elevó en la zona.

—Bien, dispersaos y a descansar —ordenó.

Todos le hicieron caso y se fueron de allí. Todos, salvo Ángel y los piratas.

—Tritón, creo que tengo una idea para el castigo de Píxul y los pepinos. Si te parece bien, te la comento —le dijo Ángel.

—¡Claro que me parece bien! Vayamos al barco, que ya casi no os queda tiempo, y me lo cuentas.

11

Y así, en el salón de juicios del palacio de Tritón, dio comienzo el juicio bajo el mar para dictar sentencia contra Píxul y los pepinos de mar, para castigarlos por sus malas obras. Ángel y su tripulación habían sido de nuevo hechizados para poder respirar bajo el agua y asistir al juicio. Estaban sentados en unos bancos que se habían dispuesto para la ocasión. No solo ellos, los delfines, los peces espada, muchos vins y algunos animales marinos no habían querido perderse detalle.

—¡Píxul y compañía! —exclamó Tritón desde la tribuna de los jueces—. Nos hemos reunido aquí para decidir entre todos qué hacer con vosotros. Como rey del mar y representante de todos los que en él habitamos, debo decir, y digo, que hemos llegado a una decisión sobre vuestra condena. Creo que vamos a ser muy benévolos y por eso espero que la toméis de la mejor manera posible y la aceptéis de buen grado.

—Vamos, Tritón, no le des más vueltas a lo que sabemos que vas hacer. Está claro que nos vas a desterrar a mares hostiles. Te crees que eres el único con derecho a decidir sobre los animales marinos.

—Vaya, vaya… Así que crees que no cuento con nadie para tomar decisiones —comentó el rey un poco ofendido—. Pues estás equivocado. Todas las decisiones las tomo con la aprobación de aquellos a quienes compete. Nunca decido nada sin consultar. Y en esta ocasión tampoco he tomado esta decisión yo solo. Y no, Píxul, no os vamos a desterrar.

La mantarraya intentó disimular su sorpresa haciéndose el duro:

—Pues, venga, Tritón, no le des más vueltas y habla ya.

Tritón negó.

—En esta ocasión, dado que te has quejado de que siempre soy yo la voz de todos, será mi querido Ángel quien te comunique la sentencia. Además, tanto él como su tripulación tienen bastante que ver con ella.

Ángel se sintió agradecido de que a Tritón le hubiese parecido bien su idea y como estaba más que acostumbrado a imponer orden y disciplina, no le supuso ningún problema hacerse cargo de la situación. Subió al estrado y se colocó al lado del rey.

—Píxul, pepinos… Hemos decidido que vais a colaborar con nosotros. Nos ayudaréis a mantener los mares limpios. Aunque siempre nos hemos encargado nosotros, cada vez es más complicado hacerlo solos, así que vuestra función será recoger la basura en los lugares a los que nosotros no podemos acceder con nuestro barco y las máquinas de limpieza —dijo Ángel sonriente—. Además, vosotros, pepinos de mar, que tenéis la capacidad de depurar el agua de forma natural, os encargaréis de filtrarla y limpiarla a conciencia, y estaremos pendientes de que lo hagáis bien. Y tú, Píxul, recogerás toda la basura del fondo del mar. La llevarás a los contenedores que tenemos destinados para eso. Estamos seguros de que lo harás bien dada tu fisonomía, ideal para remover todo lo depositado en el fondo.

Los pepinos marinos, representados por don Pepino, hasta aquel momento no habían querido articular palabra por miedo a empeorar la situación. Pero todos los miraban expectantes, así que don Pepino se aclaró la garganta y se puso en pie:

—Nosotros no esperábamos esto… Y la verdad es que, mientras nos decías la sentencia hasta nos hemos ilusionando. Para nosotros no es un castigo y os estamos muy agradecidos. Creemos que es perfecto que podamos colaborar con vuestro barco para limpiar nuestro hogar. Gracias a vuestra decisión podremos pasar de ser unos villanos a ayudar en algo bueno para todos los seres vivos. Jamás habíamos pensado llegar a sentirnos tan bien… importantes y necesarios, una sensación que no habíamos experimentado antes y creo que nos va a gustar. Esta tarea también nos hará ganar el respeto y la simpatía de toda la comunidad marina.

Un aplauso se alzó en la sala y todos los pepinos sintieron que sus vidas iban a cambiar para bien.

Píxul permanecía en silencio mirando el panorama. Tritón se acercó a él y le preguntó:

—¿No piensas decir nada? Supongo que tu silencio significa que estás conforme.

La mantarraya negó.

—No lo estoy. No me gusta tener que hacer lo que los humanos me digan, pero, si soy sincero, prefiero esto a que me echéis de nuestros mares. Acepto la sentencia, recogeré la basura e intentaré hacerlo lo mejor que pueda, al fin y al cabo, todo sea por el bien del mar.

Tritón estiró su tridente hacia Píxul y pronunció unas palabras que nadie entendió, ya que cuando usaba su poderosa magia, hablaba el idioma de los dioses. La mantarraya brilló unos segundos.

—Me alegra que aceptes tu sentencia, Píxul, pero por si te arrepientes y se te ocurre usar tus poderes contra nosotros, te los he arrebatado. Así todos estaremos más tranquilos y confiaremos en ti.

Píxul suspiró resignado. Nada podía hacer contra Tritón sin sus poderes…

El rey del mar, satisfecho con los acontecimientos, hizo movimiento con su tridente y destruyó la celda de algas venenosas. Píxul, don Pepino y el resto de pepinos marinos quedaron libres.

—Una última cuestión —anunció Tritón a la mantarraya y a los pepinos—. Vendréis a vivir a mi ciudad, así podremos coordinar los trabajos y os tendremos controlados.

A Píxul y a su ya extinto ejército no les quedó más remedio que aceptar.

—Espero que por lo menos me des una casa bonita… —se quejó la mantarraya.

Todos rieron ante su petición.

Los días pasaron y tanto los pepinos de mar como Píxul se sentían muy cómodos con su nueva vida. Tritón había hecho caso a Píxul y les había proporcionado un hogar bonito y confortable; además, todos eran amables con ellos porque estaban contribuyendo al bienestar de la vida tanto bajo el agua como de la tierra. Nunca se habían sentido tan útiles y, por primera vez en mucho tiempo, eran queridos y respetados. Nadie se escondía de ellos, no más miradas de temor. Incluso empezaban a invitarlos a las pequeñas celebraciones que tenían lugar en los fondos marinos.

A pesar de haber tenido tan malas intenciones, los habían perdonado, integrado y dado una nueva oportunidad. Estaban muy agradecidos y prometieron que nunca más harían nada malo a los demás.

Todos tenemos derecho a una segunda oportunidad porque todos tenemos bondad en nuestro interior, incluso aunque no lo parezca. Buscar ese lado bueno en los demás y darle nuevas oportunidades es un trabajo de todos.

Curiosidades marinas

MANTARRAYA

La mantarraya, también conocida como manta gigante, es un tipo de pez que siempre cautiva a quien la observa. Es un ejemplar descomunal, el más grande de todas las rayas. Pueden medir alrededor de nueve metros y pesar hasta mil trescientos kilos.

¿Sabías que la matarraya tiene una cola en forma de látigo para defenderse de los depredadores? No es que tenga muchos debido a su gran tamaño, pues pocos se atreven a atacarla.

Su alimentación se basa en plancton, calamares y peces pequeños.

PEPINOS DE MAR

Vamos a conocer un poco a estas criaturas tan interesantes.

Se deslizan por los fondos marinos, aspiran arena, digieren los deshechos de pescado, algas y materias orgánicas y luego la excretan más limpia. Por eso se les conoce como las aspiradoras del fondo del mar.

Cuando están estresados, pueden expulsar túbulos por el ano durante una evisceración parcial, es decir, se desprenden de sus órganos para liberar estrés y luego se les regeneran. Los túbulos son pegajosos y, en algunas especies, contienen toxinas.

DELFINES

Los delfines son unos de los animales marinos que nos despiertan ternura. Pero, ¿sabes algo de ellos?

Aprendamos un poco.

Los delfines son carnívoros y comen de diez a trece kilos de pescado al día, son juguetones y pueden llegar a saltar hasta seis metros de altura.

Viven en grupo y son muy sociables, sus asociaciones suelen estar formadas por grupos de treinta, aunque pueden llegar a ser cientos y son muy inteligentes.

Pueden comunicarse entre ellos de forma verbal (con chasquidos y silbidos) y de forma no verbal (con gestos y movimientos). Además, usan sus ondas de geolocalización para orientarse. Al emitir esas ondas, chocan con objetos y regresan a ellos en forma de eco, lo que les hace un mapa para saber por dónde pueden moverse sin chocarse. También les sirve para sentir la presencia de depredadores ya que su vista no es demasiado buena.

PECES ESPADA

¿Qué me dices de los peces espada?

Su cuerpo es de un azul intenso, casi parece negro, excepto la parte de su vientre, que es plateada.

Se caracterizan por su largo pico, que recuerda a una espada, de ahí su nombre. Es un pez bastante grande, puede medir hasta cinco metros y pesa alrededor de unos seiscientos cincuenta kilos. Las hembras suelen vivir más que los machos.

¿Sabes que los adultos no tienen escamas? Es un pez ecotermo, es decir, que necesita fuentes externas para obtener calor. Por eso, en ocasiones, se les puede ver en la superficie «tomando el sol».

CAULERPAS

¿Has oído alguna hablar de las caulerpas?

Es una especie de alga tóxica procedente de aguas tropicales. En los últimos tiempos se ha introducido en el mar mediterráneo y está poniendo en peligro a algunas especies. Esto supone un problema para la fauna marina dada la forma en la que se extiende.

Esta alga necesita mucho oxígeno y desprende mucho dióxido de carbono, por eso, cuando en el agua hay en exceso, escasea el oxígeno y los demás animales no pueden respirar con normalidad.

TORTUGAS

Las tortugas de mar pueden vivir más de cien años.

No tiene patas, pero tienen cuatro aletas fuertes que las ayudan a nadar y a arrastrarse en la arena para cavar los nidos, donde ponen sus huevos.

Les encanta comer medusas, calamares, algas, esponjas de mar, etc. Tienen una dieta bastante variada, pero con tanto plástico en el mar, se confunden y acaban comiendo bolsas y muriendo. Por eso es tan importante no tirar basuras al mar.

MEDUSAS

¿Qué sabes de las medusas? Que pican, ¿verdad? Pues no es que busquen picarnos, es su mecanismo de defensa para protegerse de los depredadores. Aunque no les funciona muy bien, ya que las tortugas marinas son inmunes su veneno y por eso forman parte de su alimentación.

Los tentáculos de las medusas contienen miles de células urticantes y al rozarlas o pisarlas, se pegan a nuestra piel, provocándonos ese picor y dolor tan molesto.

Son carnívoras y, aunque no lo parezca, tienen boca en su interior, que utilizan tanto para comer como para expulsar sus heces.

Un dato curioso de estos seres gelatinosos es que no tienen cerebro ni sangre. Muy interesante, ¿no crees?

Increíble el mar y sus habitantes ¿verdad?

¡Cuidemos nuestros océanos!

www.ingramcontent.com/pod-product-compliance
Lightning Source LLC
LaVergne TN
LVHW012352220826
846092LV00002B/523